AF399755

Analyse de l'œuvre

Par Nathalie Roland et Claire Mathot

Le Nom de la rose

d'Umberto Eco

Rendez-vous sur lepetitlitteraire.fr et découvrez :

Plus de 1200 analyses
Claires et synthétiques
Téléchargeables en 30 secondes
À imprimer chez soi

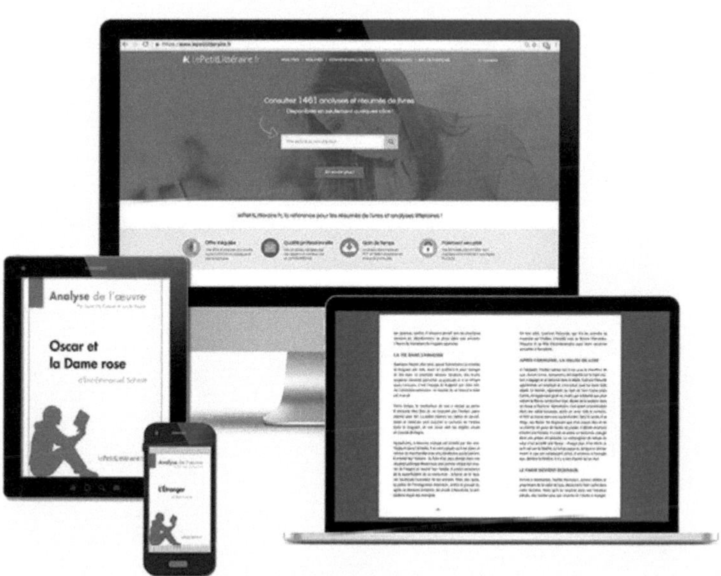

UMBERTO ECO

ROMANCIER ET ESSAYISTE ITALIEN

- **Né en 1932 à Alessandria (Italie)**
- **Décédé en 2016 à Milan (Italie)**
- **Quelques-unes de ses œuvres :**
  - *Le Pendule de Foucault* (1988), roman
  - *L'Île du jour d'avant* (1994), roman
  - *Histoire de la beauté* (2004), essai

D'origine italienne, Umberto Eco a écrit de nombreux romans et essais. Linguiste de formation, il s'intéresse principalement à la sémiotique (étude des signes et de leurs significations), à la philosophie et à la littérature.

Ses romans, comme *Le Nom de la rose* ou *Le Pendule de Foucault*, mélangent intrigues policières et références littéraires et historiques. Auteur mondialement reconnu, il publie aussi des ouvrages plus philosophiques, comme *Histoire de la beauté* et *Histoire de la laideur* (2007), dans lesquels il analyse sculptures, peintures et œuvres littéraires datant de l'Antiquité jusqu'à nos jours pour montrer l'évolution de la conception de la beauté et de la laideur.

LE NOM DE LA ROSE

UNE INTRIGUE POLICIÈRE DANS UN CADRE MÉDIÉVAL

- **Genre :** roman
- **Édition de référence :** *Le Nom de la rose*, traduit de l'italien par Jean-Noël Schifano, Paris, Grasset, coll. « Le Livre de Poche », 1982, 548 p.
- **1ʳᵉ édition :** 1980
- **Thématiques :** meurtre, enquête, labyrinthe, bibliothèque, histoire du Moyen Âge, religion, poison

Le Nom de la rose est le premier roman d'Umberto Eco.

Au début du XIVᵉ siècle, Guillaume de Baskerville, accompagné d'Adso de Melk, se rend en Italie alors que l'Église est divisée entre différents camps. Lors d'une étape dans une abbaye, plusieurs meurtres viennent troubler le calme de la communauté. Guillaume et Adso tentent de résoudre ces crimes, ainsi que les nombreux mystères qui entourent la bibliothèque de l'abbaye.

Cette enquête les conduit dans les méandres du labyrinthe de la bibliothèque de l'abbaye, sur les traces d'un livre mystérieux.

RÉSUMÉ

Umberto Eco affirme qu'il a écrit *Le Nom de la rose* en se basant sur un manuscrit qui raconte les mémoires d'Adso de Melk, un jeune bénédictin (ordre religieux accordant une grande importance au travail manuel et intellectuel, notamment à la copie de manuscrits). Envoyé en Italie, Adso devient le secrétaire de Guillaume de Baskerville, un moine franciscain (ordre religieux respectant la règle de pauvreté). Ensemble, Adso et Guillaume vivent des évènements particuliers dans une abbaye du Nord de l'Italie à la fin de l'année 1327.

UNE MORT ÉTRANGE

Guillaume et Adso arrivent dans une riche abbaye bénédictine située sur une montagne. Ils expliquent à l'abbé qui les accueille la raison de leur présence : Guillaume est chargé de consulter les différents supérieurs bénédictins pour connaitre ceux qui soutiennent l'empereur. L'abbé soupçonne Rémigio d'avoir fait partie de sectes hérétiques (condamnées par l'Église car contraires à la foi) et se montre radical envers celles-ci (« Tuez-les tous, Dieu reconnaitra les siens », p. 194). Par ailleurs, l'abbé leur demande d'élucider la mort d'Adelme : ce dernier est tombé de l'une des tours de la bibliothèque en pleine nuit durant une tempête. Il pourrait s'agir d'un suicide ou d'un meurtre.

L'abbé donne à Guillaume carte blanche pour enquêter : il peut interroger les autres moines et investiguer partout dans l'abbaye, sauf dans la bibliothèque, qui est pourtant le lieu du crime et dont Guillaume comprendra rapidement qu'il s'agit de la clé des évènements. Elle est réservée aux initiés et « se défend toute seule » (p. 55). En effet, selon les rumeurs, ce lieu est protégé par de la magie. Pourtant, bien qu'il soit interdit d'accès, l'étage est souvent éclairé le soir.

LE DÉBUT DE L'ENQUÊTE

Guillaume et Adso commencent leurs recherches et rencontrent d'abord Ubertin de Casale (franciscain, 1259-1329) avec qui ils évoquent les divisions au sein de l'ordre bénédictin en raison des courants extrémistes. Ils interrogent ensuite Séverin, l'herboriste, afin de savoir si Adelme aurait pu avoir des hallucinations après avoir absorbé des herbes, ce qui aurait alors causé sa chute.

Ils se rendent ensuite au scriptorium, où les moines recopient les manuscrits, et sont accueillis par Malachie, le bibliothécaire. Guillaume se renseigne sur les illustrations faites par Adelme. Quelques remarques déclenchent un rire général, très vite critiqué par Jorge, un vieux moine aveugle, et une dispute éclate sur la question du rire. Les deux enquêteurs se rendent ensuite à la forge et questionnent Nicolas, le maitre verrier.

UN NOUVEAU MEURTRE

Le lendemain, lors de la première prière, des servants effrayés entrent dans l'église : ils ont trouvé le cadavre de Venantius dans une bassine contenant du sang de porc. Les deux enquêteurs apprennent qu'Adelme et Venantius avaient tous les deux demandé quelque chose à Bérenger, l'aide-bibliothécaire, et rencontrent Alinardo qui leur apprend qu'il est possible d'entrer dans la bibliothèque par l'ossuaire. En observant la structure extérieure de la bibliothèque, Guillaume parvient à en déduire l'agencement.

Plus tard, le moine Bence se confie à Guillaume et Adso : Bérenger était amoureux d'Adelme et ce dernier était prêt à tout pour obtenir un livre qu'il cherchait depuis des années. Alors, durant la nuit, les deux enquêteurs pénètrent dans le scriptorium : Guillaume remarque un parchemin intéressant avec un message codé sur la table de Venantius. Ils sont interrompus par un visiteur mystérieux (Bérenger) qui vole deux livres et les lunettes de Guillaume.

Ils pénètrent ensuite dans la bibliothèque, un véritable labyrinthe. Sur l'entrée de chaque pièce est inscrit un verset de l'Apocalypse (le dernier livre de la Bible). Ils comprennent que l'arrangement du lieu correspond à une répartition géographique (Angleterre, Espagne, Afrique, etc.), mais ils ne parviennent pas à pénétrer dans la pièce secrète appelée *Finis Africae*.

UN POISON MORTEL

Au matin, ils apprennent que Bérenger a disparu et, quelque temps plus tard, ils découvrent son corps aux bains. Guillaume et Séverin examinent le cadavre : le bout des doigts de la main droite de la victime, comme ceux de la dépouille précédente, sont bruns. Séverin connait le poison à l'origine de ce phénomène : il a justement disparu de son laboratoire après une tempête.

Adso rencontre Salvatore et l'interroge sur un hérétique, fra Dolcino. Guillaume en profite pour expliquer à Adso que les hérétiques, comme tout le monde, ont des qualités et des défauts. Si le pape les condamne, c'est parce qu'ils représentent un risque politique pour lui. Cependant, toujours intrigué par la question de l'hérésie, Adso demande à Ubertin des explications sur fra Dolcino : ce dernier a critiqué l'Église et engendré une révolte populaire qui a été violemment réprimée. Guillaume et Adso interrogent Rémigio, un ancien disciple de fra Dolcino.

LES SECRETS D'UN LIVRE

Dans les cuisines, une jeune femme séduit Adso : ils passent la nuit ensemble. Guillaume retrouve son compagnon qui lui raconte les évènements de la nuit. Guillaume le réprimande, mais se montre indulgent car il s'agissait d'une paysanne pauvre se prostituant pour nourrir sa famille. En discutant des avancées de l'enquête, ils comprennent que les meurtres correspondent à ce qui est relaté dans des extraits de l'Apocalypse. Par ailleurs, Guillaume a totalement déchiffré le message codé de Venantius et comprend que l'assassin cherche à cacher les secrets d'un livre.

Une délégation de franciscains se rend à l'abbaye. Ces religieux considèrent que le pape Jean XXII (1245-1334) ne respecte pas son rôle en accumulant les richesses et en instaurant des taxes sur les péchés. Arrive ensuite une délégation d'Avignon (France), avec le dominicain Bernard Gui (dominicain français, 1261-1331).

Les deux groupes se réunissent et débattent à propos de la pauvreté du Christ, de son statut et de l'attitude des ordres religieux envers les hérétiques. Bernard Gui arrête Salvatore et une femme accusée d'être une sorcière.

LES MYSTÈRES DE LA BIBLIOTHÈQUE

Séverin, de son côté, comprend que Bérenger s'est rendu à l'hôpital avant d'aller aux bains, car il découvre dans son laboratoire le livre que l'aide-bibliothécaire avait dérobé dans le scriptorium. Le corps de l'herboriste est retrouvé dans le laboratoire et l'ouvrage a de nouveau disparu.

Suspecté d'être l'assassin, Rémigio est arrêté. Son procès est mené par Bernard Gui : il l'interroge brutalement, convaincu de sa culpabilité.

Pour sa part, Guillaume soupçonne Bence d'être le voleur, lui qui est prêt à tout pour connaitre les secrets que renferment les livres et la bibliothèque. Mais ce dernier vient d'être nommé aide-bibliothécaire : en tant que personne proche de la bibliothèque, il ne peut dorénavant plus rien dire au sujet des manuscrits.

Nicolas, le maitre verrier, confie à Guillaume et Adso l'une de ses découvertes : beaucoup de critiques ont entouré la nomination de chaque bibliothécaire. Retournant au scriptorium, Guillaume pense que les rivalités pour ce poste sont à l'origine des meurtres. Il met l'abbé en garde contre le danger qui le menace puisque ce dernier connait les secrets de la bibliothèque.

Le lendemain, au cours de la prière du matin, Malachie arrive en titubant et s'écroule dans l'église. Guillaume remarque que sa langue est noire, signe d'un empoisonnement, et constate que toutes les victimes connaissaient le grec.

LA CLÉ DE L'ÉNIGME

Durant la soirée, Guillaume et Adso se rendent dans la bibliothèque et comprennent que quelqu'un y est enfermé. Ils parviennent enfin à pénétrer dans la pièce secrète et y trouvent Jorge. Celui-ci a empoisonné un livre qui compile des ouvrages (dont *La Poétique* [vers 335 av. J.-C.] d'Aristote [philosophe grec, 384-322 av. J.-C.]) accordant de l'importance au rire divin pour que personne ne puisse révéler cette information.

En somme, toutes les victimes sont mortes pour avoir approché de trop près ce livre, sauf Adelme qui s'est suicidé en apprenant son contenu, avant que Jorge n'empoisonne le manuscrit, tuant ainsi ceux qui le feuilletaient (Venantius, Bérenger et Malachie). Quant à Séverin, il a été assassiné par Malachie qui, amoureux de Béranger, a cru que ce dernier l'avait trompé avec Adelme et Séverin.

Après leur avoir tout révélé, Jorge se suicide en avalant les pages empoisonnées du livre. Guillaume et Adso tentent de récupérer l'ouvrage, mais une lanterne met le feu à la bibliothèque et à l'abbaye entière.

Guillaume et Adso reprennent la route, puis se séparent. Des années plus tard, Adso retourne à l'abbaye et recueille des feuillets restés intacts.

ÉTUDE DES PERSONNAGES

LES PERSONNAGES EXTÉRIEURS À L'ABBAYE

Adso de Melk

Adso de Melk est le narrateur de l'histoire : parvenu à la fin de sa vie, vieux moine bénédictin dans son monastère de Melk (Autriche), il écrit en latin un manuscrit dans lequel il raconte une aventure qu'il a vécue durant sept jours dans une abbaye du Nord de l'Italie, aventure qui a été formatrice dans sa vie. Il souhaite laisser cette trace sans porter de jugement sur ce qu'il a vécu, pour les générations futures. C'est ce récit, transcrit par plusieurs sources en différentes langues, qu'Umberto Eco prétend écrire en italien au XXe siècle.

En 1327, alors novice au monastère de Melk, Adso a été emmené par son père en Italie, où il a rencontré Guillaume de Baskerville, qui l'a pris comme secrétaire et disciple. Bien qu'encore jeune, Adso cherche à comprendre les troubles qui agitent son époque. Guillaume, dont il admire la sagesse et la sagacité, devient alors la figure de référence qui forme son esprit logique. Obéissant, curieux de tout et désireux d'en apprendre toujours davantage, Adso suit Guillaume partout en le questionnant. Encore fort impressionnable en raison de sa jeunesse, il est fasciné par l'ardeur de certains moines (à travers le meurtre et l'hérésie) et le mysticisme (d'Ubertin de Casale par exemple).

L'aventure qu'Adso a vécue est instructive : elle lui fait découvrir à la fois les passions humaines (l'amour, la haine, la puissance destructrice de l'orgueil) et le forme sur les questions religieuses et de pouvoir de son époque (les conflits entre papes et empereurs, les hérésies, l'Inquisition [tribunal de l'Église catholique romaine qui lutte contre les hérésies])

Guillaume de Baskerville

Guillaume de Baskerville est un savant moine franciscain, dont la garde du novice Adso de Melk lui a été confiée. En tant que maitre d'Adso, il semble être une figure paternelle pour celui-ci. Il est décrit comme quelqu'un de très grand et très maigre, avec un regard vif. Il aurait environ 50 ans et serait doté d'une grande énergie, bien qu'il connaisse parfois des moments d'apathie.

Guillaume était auparavant un inquisiteur en France et en Angleterre, mais il a quitté cette fonction. Il se rend à l'abbaye pour retrouver une délégation de franciscains, qui doivent se concerter sur la position à adopter pour leur ordre envers le nouveau pape d'Avignon, sous la menace d'un schisme de l'Église, ainsi que pour assister à une dispute théologique sur la question de la pauvreté du Christ.

Guillaume est connu parmi les moines pour être quelqu'un d'intelligent, de rusé et qui s'intéresse à tout. C'est à lui que l'abbé Abbon demande de résoudre le mystère de la mort d'Adelme, ce qui lui permettra d'avoir l'autorisation de parler avec tout le monde et de parcourir librement l'abbaye. Il a une démarche d'enquêteur très rationnelle, il considère d'ailleurs l'un de ses amis, Guillaume d'Occam (théologien et philosophe anglais, 1285-1349), qui prône l'emploi de la raison pour résoudre tous les problèmes, comme son maitre.

En se chargeant de l'enquête, il espère bien résoudre la suspicion de meurtre de manière rationnelle pour prouver aux autres moines qu'il ne faut pas voir l'action du diable partout ; mais il le fait également pour entretenir son orgueil intellectuel.

Pour écrire ce personnage, Umberto Eco s'est inspiré de deux figures, un personnage de fiction et un homme ayant réellement existé : l'enquêteur Sherlock Holmes (personnage principal des romans de Conan Doyle [romancier britannique, 1859-1930]) et Guillaume d'Occam. Guillaume de Baskerville est ainsi placé dans la lignée directe de deux hommes qui ont valorisé la pensée rationnelle et logique.

Bernard Gui ou Guidoni

Bernard Gui a réellement existé. Moine dominicain et inquisiteur, il est chargé de remettre de l'ordre dans le monastère. Hypocrite, ironique et sévère, il mène le procès de Rémigio et n'hésite pas à fabriquer des preuves destinées à accuser le suspect, dont la culpabilité ne fait pour lui aucun doute. Inquiétant, il aime inspirer la peur et imposer son pouvoir.

LES PERSONNAGES APPARTENANT À L'ABBAYE

L'abbé Abbon

L'abbé Abbon dirige l'abbaye franciscaine et demande à Guillaume d'élucider la mort d'Adelme. Fier des biens acquis par son domaine, il se montre critique envers les hérétiques, estimant qu'il faut les éliminer. Dépassé par les évènements qui se déroulent dans son abbaye, il se soucie de la réputation de celle-ci et cherche à maintenir le calme.

Jorge de Buros

Jorge, aveugle, est le second moine le plus vieux de l'abbaye. Respecté et considéré comme vénérable par les autres moines, il est le confesseur de bon nombre d'entre eux. Sévère quant au respect des règles monastiques, il n'a aucune tolérance pour ceux qui les dédaignent. Il condamne notamment les bavardages et le rire qui, selon lui, n'ont pas leur place dans l'abbaye.

Il a en particulier une vision très négative du rire, qui doit être le divertissement des pauvres selon lui, mais qui ne peut pas toucher les élites instruites (les moines), car l'idée que l'on puisse rire de tout mène au fait de ne même plus craindre et respecter les choses les plus sacrées, comme Dieu. Il considère donc le rire comme quelque chose de dangereux pour les moines.

C'est Jorge de Burgos qui est responsable des meurtres perpétrés dans l'abbaye. Comme il a répandu du poison sur les pages du second volume de *La Poétique* d'Aristote, consacré à la comédie (au rire, donc), les moines trop curieux s'empoisonnent tout seuls. Il considère que le savoir lié au rire est tellement dangereux qu'il préfère dévorer les pages d'Aristote (et s'empoisonner en même temps) plutôt que de les voir révélées.

Salvatore

Rongé par la maladie, ce moine parle un langage imaginaire, fait des langues qu'il connait. Après avoir vécu un massacre, il a erré, se faisant passer pour malade ou pauvre afin d'apitoyer les gens, avant d'entrer dans les ordres. Il est arrêté par Bernard Gui pour avoir eu recours à la magie et parlé avec une sorcière. Par certains aspects, il fait penser à un animal.

Ubertin de Casale

Ubertin de Casale a réellement existé. Vieil « homme bizarre » (p. 89), il fait partie d'un mouvement de réforme de l'ordre dominicain qui veut se rapprocher des préceptes du Christ, notamment en vivant dans la pauvreté. Il connait bien les mouvements hérétiques, mais se montre extrémiste à ce sujet.

Rémigio de Varagine

De forte corpulence, Rémigio de Varagine est le cellérier : il a la charge de l'intendance et de la nourriture. Dans son passé, il a suivi Dolcino et les hérétiques. Entré dans les ordres sans réelle conviction, il ne respecte pas le principe de chasteté. Il est suspecté d'avoir assassiné Séverin.

Bence d'Uppsala

Bence d'Uppsala est atteint, selon Guillaume, de la « luxure du savoir » (p. 497) : il donnerait tout pour connaitre les secrets de la bibliothèque. Après avoir dérobé le livre chez Séverin, il se fait nommer aide-bibliothécaire suite à la mort de Bérenger. Devenu l'un des gardiens de la bibliothèque, il ne peut plus rien révéler au sujet des manuscrits.

LES VICTIMES

Adelme d'Otrante

Adelme d'Otrante est un jeune moine chargé des enluminures (illustrations des manuscrits). Il est le premier mort au sein de l'abbaye : il a fait une chute depuis la tour de la bibliothèque durant une tempête de neige en pleine nuit. Peu d'éléments prouvent qu'il s'agit d'un suicide.

Venantius de Salvemec

La deuxième victime est le moine Venantius de Salvemec, spécialiste de la langue grecque. La veille de sa mort, il s'était disputé avec Jorge à propos du rire.

Son corps est retrouvé dans un récipient conservant du sang de cochon. Il a été tué parce qu'il avait compris une discussion entre Adelme et Bérenger et parce qu'il a eu en main le livre.

Bérenger

Aide-bibliothécaire, Bérenger est la troisième victime. Atteint de convulsions, il prend des bains chauds pour s'apaiser. C'est à cet endroit qu'il est trouvé mort la nuit du troisième jour. Il a été assassiné parce qu'il avait volé le livre, empêchant Guillaume de comprendre pourquoi son contenu avait poussé Adelme au suicide et ainsi de résoudre plus rapidement le mystère.

Séverin de Sant'Emerango

En tant qu'herboriste, Séverin s'occupe des bains, de l'hôpital et des potagers. Il connait aussi très bien les poisons et aide Guillaume à examiner les corps des victimes. Il découvre le livre que Bérenger avait volé, mais se fait assassiner le cinquième jour par Malachie. Il est le seul, hormis Guillaume, à avoir compris le secret mortel de l'ouvrage.

Malachie de Hildesheim

Malachie s'occupe de la bibliothèque et veille avec beaucoup de soin à en conserver les secrets. Amoureux de Bérenger et se croyant trahi par lui, il donne à Bernard Gui les lettres de son aide-bibliothécaire concernant les hérétiques. Lorsque Bence lui ramène le livre qui a été volé, il meurt empoisonné à cause de sa curiosité.

CLÉS DE LECTURE

À LA CROISÉE DE PLUSIEURS GENRES

La question du genre est importante dans l'histoire littéraire : identifier un roman à un courant particulier permet de mieux comprendre ses caractéristiques, ainsi que ses tenants et aboutissants. Un roman ne correspond d'ailleurs pas toujours à une seule catégorie de genre, comme c'est le cas du *Nom de la rose*.

Trois genres au moins s'entrecroisent dans cette œuvre : le roman policier, le roman historique et le roman d'apprentissage, aussi appelé roman initiatique.

Le Nom de la rose s'inscrit ainsi dans la tradition des romans policiers, dont les caractéristiques principales transparaissent dans le texte :

- la quête des personnages n'est pas tournée vers le futur, mais vers un objet du passé (un crime, le plus souvent commis avant même le

début du récit). Il s'agit pour le personnage qui enquête de remonter la piste qui mène vers le crime, de trouver l'explication et le coupable ;
- le thème principal de l'histoire est une enquête, qui suppose des rôles bien définis pour certains personnages (la victime, le bourreau, l'enquêteur). Toutes les variantes sont possibles autour de ces trois rôles ;
- l'importance est donnée à une démarche de raisonnement logique et à la résolution de l'énigme.

Dans le roman, nous retrouvons bien tous ces éléments : Guillaume de Baskerville et Adso de Melk enquêtent d'abord sur un meurtre ayant été commis avant le début du récit, puis sur plusieurs autres crimes.

Différentes étapes (succession de meurtres, découverte d'indices et déductions) les mènent à découvrir finalement qui est l'assassin.

Le Nom de la rose est également un roman historique, dont les éléments suivants sont définitoires du genre :

- l'intrigue se déroule durant une époque his-

torique donnée. Cette période historique est souvent décrite avec une volonté de réalisme ;
- l'auteur peut mêler au sein de son récit des personnages fictifs et des personnages ayant réellement existé.

C'est bien sûr le cas du *Nom de la rose*, dont l'histoire se déroule au Moyen Âge, au début du XIVe siècle. Les grands personnages cités dans le roman (les papes, empereurs, etc.) sont des personnages historiques, de même que d'autres protagonistes importants (Bernard Gui et Ubertin de Casale).

De plus, Umberto Eco présente son roman comme l'adaptation d'un authentique manuscrit du Moyen Âge. Il décrit avec le plus de réalisme possible les conflits politiques et religieux de l'époque. En revanche, les deux personnages principaux sont supposément des personnages imaginaires, créés par Umberto Eco.

Enfin, *Le Nom de la rose* peut être associé aux romans d'apprentissage. Ce type de roman raconte le parcours d'un jeune homme ou d'une jeune femme, souvent adolescent, cheminant vers l'âge adulte. Le héros vit des expériences qui forgent son caractère et l'émancipent, qui développent ses connaissances du monde et qui lui permettent de se réaliser dans un domaine particulier et d'atteindre ainsi une certaine sagesse.

Adso de Melk le confie lui-même dans le roman : il était un jeune novice quand il a vécu les évènements de l'abbaye. Cette expérience ainsi que la compagnie de Guillaume de Baskerville lui ont permis de forger son propre esprit critique, de découvrir les passions humaines (amour, haine, jalousie, peur) et de mieux comprendre les problèmes de son temps (les hérésies, l'Inquisition).

Le Nom de la rose est donc un roman complexe, non seulement dans sa thématique, mais aussi dans sa forme ; en entrecroisant les genres (roman policier, roman historique, roman d'apprentissage), il propose plusieurs pistes de lecture conduisant à différentes interprétations.

LA QUESTION RELIGIEUSE

Au Moyen Âge, la religion gouverne largement la vie quotidienne de l'élite et des pauvres. Au cours des Xe et XIe siècles, un renouveau monastique apparait, engagé par la célèbre abbaye française de Cluny, ce qui conduit à la fondation de monastères dans divers endroits d'Europe occidentale. À l'époque où se déroule le roman, la figure du moine est présentée comme un idéal, vivant toute sa vie hors du monde, uniquement au service de Dieu. Soit les jeunes nobles sont placés dans un monastère comme novices lorsqu'ils sont enfants et deviennent moines par la suite (comme Adso de Melk), soit il est possible de rejoindre un monastère, après une vie engagée dans la société.

La vie communautaire est très importante pour les ordres monastiques : ceux-ci ont chacun leur fondateur et leurs particularités. Ainsi, certains moines valorisent le travail manuel, d'autres la prière et le recueillement, d'autres encore la conservation et la copie de manuscrits. Par la circulation de moines entre différents monastères, on voit peu à peu apparaitre en Europe une diffusion des idées. De plus en plus lettrés, les moines deviennent les gardiens du savoir.

C'est à cette époque que les premières universités sont fondées, non seulement pour enseigner la doctrine religieuse (la théologie), mais aussi d'autres champs du savoir (la rhétorique, la philosophie arabe, le droit, la logique, etc.) Ce type de formation crée de nouvelles générations de moines éduqués et cultivés qui, bien que croyants, ne privilégient pas nécessairement les explications divines pour tous les phénomènes ; à l'instar de Guillaume de Baskerville, qui cherche d'abord des raisons logiques aux meurtres de l'abbaye.

Les deux ordres religieux principalement présents dans le roman sont l'ordre franciscain et l'ordre dominicain. Ces deux ordres ont un point commun : ils sont tous deux qualifiés d'ordres « mendiants » (ils vont de villes en villages pour répandre la parole sainte), dont le dessein est la prédication et la conversion. Une grande différence s'instaure néanmoins dans le temps entre ces deux ordres :

- pour les franciscains, l'impératif de pauvreté prêché par leur fondateur François d'Assise (vers 1182-1226) est plus radical, car ils souhaitent rejeter toute propriété personnelle ou collective (bien qu'ils soient obligés de se regrouper en communautés monastiques par la suite) ;
- les dominicains, quant à eux, ont très vite

la possibilité d'accroitre et d'amasser des richesses.

Dans les universités, la pratique de la *disputatio* s'est très vite répandue. La *disputatio* est une dispute oratoire, sous la forme d'exercice rhétorique, entre deux personnes ou deux camps sur un point théologique. Ces disputes s'amplifient parfois jusqu'à devenir des points de discorde entre différents mouvements religieux, ou au sein même d'un ordre religieux.

Ainsi, la question de la pauvreté du Christ (savoir s'il possédait des biens matériels ou pas) est un sujet prégnant chez les franciscains. Si en théorie, les moines ne possèdent rien (les monastères et les livres sont supposés appartenir au Saint-Siège), en pratique ils possèdent des choses au jour le jour puisqu'ils vivent dans des monastères et qu'ils utilisent leurs objets.

Des controverses apparaissent au sein de l'ordre franciscain et le pape Jean XXII d'Avignon (dont il est question dans le roman) veut régler la question en soumettant les franciscains les plus extrémistes (ceux qui sont appelés les « spirituels »).

Quand, en 1323, Jean XXII condamne la doctrine de la pauvreté absolue du Christ, des franciscains rejoignent Louis IV de Bavière (empereur des Romains, 1287-1347), qui s'est fortement opposé à la papauté : cette crise religieuse a des conséquences politiques, et les accusations d'hérésie pleuvent.

La nuance de sens entre « différence de pensée » et « hérésie » est donc souvent très légère. Avec la multiplication des courants religieux (instaurés en ordres monastiques ou pas, plus ou moins répandus dans les classes populaires), chacun peut s'approprier la religion, sa philosophie et ses rites. Comme cette multiplication est dangereuse et divise l'Église (qui rêve au contraire d'une grande et belle unicité), la papauté condamne officiellement de nombreuses hérésies (par exemple, celle des dolciniens dans le roman).

Le XIVe siècle, une époque troublée

À l'époque du XIVe siècle, l'Europe et la chrétienté sont en crise : les rois et empereurs tiennent leur pouvoir du pape, mais veulent leur indépendance politique. Suite à une querelle entre le roi de France, Philippe le Bel (1268-1314), et le pape Boniface VIII (1235-1303), l'Europe entière est divisée.

Le roi de France nomme alors un nouveau pape, Clément V, qui s'installe à Avignon tandis que Louis IV de Bavière, élu pape durant peu de temps, reste à Rome (Italie). Chacun des deux dirigeants pontificaux cherche alors des appuis auprès des puissants et des ordres religieux pour s'assurer une certaine légitimité. Aussi les avis sont-ils divergents et les courants d'idées se multiplient-ils, ce qui engendre de nombreuses querelles. L'Église catholique de Rome réagit avec force en mettant en place l'Inquisition qui juge et condamne tous ceux qui, à travers les hérésies, s'opposent à elle d'une manière ou d'une autre.

UNE INTERTEXTUALITÉ

L'intertextualité est définie comme la mise en relation d'un texte avec un ou plusieurs autres textes. Cette mise en relation de textes peut être concentrée à l'intérieur de l'histoire et du récit (à travers ce que disent les personnages, le milieu dans lequel ils évoluent, etc.), mais peut également être extérieure à l'histoire racontée, adressée au lecteur (à travers une allusion, une plaisanterie, une référence explicite, etc.).

Si l'intertextualité peut être considérée comme un jeu entre l'auteur et le lecteur du livre (le lecteur cherche alors les « pistes » que l'auteur a laissées, et cela fait preuve de la culture générale de chacun), elle peut également donner de nouveaux sens au récit et permettre de nouvelles interprétations du texte.

Le Nom de la rose regorge d'intertextualité : Umberto Eco était un érudit en symboles, un linguiste, un historien et un spécialiste des langues anciennes, à l'image de son personnage Guillaume de Baskerville.

Dans le récit, Guillaume est un intellectuel qui se passionne de tout. Si Aristote et sa *Poétique* occupent un rôle de premier plan dans l'histoire, Guillaume est un savant qui s'intéresse également à d'autres auteurs de l'Antiquité, ainsi qu'à des philosophes contemporains, comme Thomas d'Aquin (théologien italien, 1225-1274), Roger Bacon (savant et philosophe anglais, 1220-1292) et Guillaume d'Occam. Ces références ne sont pas gratuites : Guillaume de Baskerville explique qu'il se place dans la lignée de ces philosophes et théologiens, notamment pour sa méthode et sa logique.

Située au Moyen Âge, cette histoire laisse voir également un grand nombre de références à des textes chrétiens : les moines en font mention entre eux, et des versets de l'Apocalypse sont écrits à l'entrée de chaque pièce de la bibliothèque. Ces références sont liées à l'époque et au monde dans lequel les moines vivent, un monde délimité par la religion catholique (par exemple, les versets de l'Apocalypse dans les pièces de la bibliothèque ont un rapport avec l'organisation de cette bibliothèque et l'ordonnancement des livres).

L'élément intertextuel destiné au lecteur le plus évident est celui du nom propre qu'Umberto Eco a choisi pour son personnage principal : Guillaume de Baskerville. À travers ce nom, l'écrivain renvoie à deux hommes, un personnage de fiction et un homme ayant réellement existé : Sherlock Holmes et Guillaume d'Occam.

• Tout d'abord, le prénom « Guillaume » renvoie

au théologien anglais Guillaume d'Occam, fondateur de la logique moderne, dont la liberté d'esprit à son époque impressionnait autant qu'elle inquiétait.

- Ensuite, le nom « de Baskerville » fait référence à une aventure de Sherlock Holmes : *Le Chien des Baskerville* (1902). Guillaume de Baskerville est en effet un personnage qu'Umberto Eco a souhaité inscrire dans la lignée de Sherlock Holmes, à travers leur méthode commune d'enquête : recueillir des indices, privilégier les solutions rationnelles avant les solutions surnaturelles, réfléchir de manière posée à une solution cohérente.

Cette intertextualité, qui ne peut être repérée que par le lecteur, a un rôle différent de celui de l'intertextualité interne au récit. Elle permet en effet au lecteur cultivé de cerner rapidement, à travers son nom, le personnage de Guillaume de Baskerville, et de mieux comprendre le sens de ses actions et de ses réflexions durant l'enquête.

UNE ŒUVRE LABYRINTHIQUE

À la fois un mythe, une forme, une figure et un symbole, le labyrinthe ne cesse d'être interprété dans de multiples arts, dont la littérature, ainsi que dans diverses disciplines des sciences humaines. Par sa construction et son enchevêtrement, le labyrinthe est destiné à rendre son cheminement compliqué. Cette figure provient de la mythologie grecque relatant la lutte entre Thésée et le Minotaure au sein du labyrinthe dans lequel ils se trouvent.

L'image labyrinthique est alors la représentation concrète – intemporelle et universelle – d'un sentiment de déroutement, de paradoxe, d'une sensation d'être perdu. Métaphoriquement, il peut illustrer la difficulté ou l'impossibilité d'atteindre un objectif, le désespoir de se perdre dans un endroit ou l'espoir de fuir un poursuivant, un antagoniste.

Les labyrinthes présents dans Le Nom de la rose

Le roman d'Umberto Eco abonde de figures et symboles labyrinthiques, que ce soit au niveau thématique ou au niveau de la structure du récit.

- la bibliothèque : d'un point de vue spatial, l'agencement des pièces et des livres est fait pour perturber le visiteur, et du point de vue spirituel, cet endroit contient des ouvrages « qui illuminent la recherche » (p. 52) et d'autres qui « contiennent des mensonges » (*ibid*.). Il faut alors être capable de distinguer les bons manuscrits des mauvais.

- Le monde : Guillaume explique à Adso que l'homme ne peut pas comprendre la logique d'un monde créé par Dieu et que seuls des signes lui permettent de s'orienter dans cet univers labyrinthique.

- Le contexte historique du XIVe siècle : les chrétiens se déchirent et de nouveaux courants de pensée sèment le désordre dans leur doctrine. Il devient difficile de déterminer qui a tort et qui a raison dans le labyrinthe des idées de ce siècle.

- Les multiples intrigues : le récit contraint le lecteur à poursuivre plusieurs pistes entremêlées en même temps (Qui est le meurtrier ? Où se trouve le livre ? Quels sont les secrets de la bibliothèque ?).

- Les différents niveaux de lecture dans l'œuvre en fonction des différents genres : le lecteur peut s'intéresser dans ce récit à l'enquête policière, aux références sur le savoir du XIVe siècle ou encore aux controverses religieuses (la pauvreté du Christ, le rire, l'hérésie, etc.).

- Le manuscrit trouvé par Umberto Eco : l'histoire est construite selon le schéma d'une mise en abyme (représentation d'une œuvre dans une œuvre), car Umberto Eco aurait adapté son récit à partir d'un manuscrit, lui-même étant la traduction du manuscrit original d'Adso de Melk. Cette technique permet à Umberto Eco de semer le doute chez le lecteur quant à ce qui est véridique ou pas dans son histoire, ce qui constitue un labyrinthe de plus à démêler.

Ces images labyrinthiques font ainsi du *Nom de la rose* un roman complexe.

La symbolique du labyrinthe

Pour interpréter la signification de ces labyrinthes, nous tenterons de déchiffrer le symbolisme du premier et du plus évident labyrinthe : la bibliothèque. Ce labyrinthe contient au moins trois métaphores.

- La bibliothèque représente tout d'abord, pour les deux protagonistes principaux, la difficulté d'élucider le mystère qui plane autour des différents crimes commis au sein de l'abbaye. L'architecture de la bibliothèque, semblable à un labyrinthe, rend en effet difficile la résolution de l'énigme, d'autant plus que de multiples codes sont à déchiffrer à différents endroits. Guillaume et Adso parviennent néanmoins à découvrir l'identité de l'assassin et les raisons de ses meurtres.

- En outre, pour Guillaume de Baskerville, la complexité labyrinthique de l'organisation de la bibliothèque pourrait représenter la difficile – et dangereuse, selon Jorge de Burgos – accessibilité au savoir : on peut errer définitivement ou se perdre sur les chemins de la connaissance. On ne peut y accéder facilement (de l'extérieur), mais le labyrinthe peut aussi représenter une prison du savoir (de l'intérieur), réservé à un petit nombre d'initiés. Finalement, Guillaume confesse à Adso que l'accès à une meilleure compréhension du monde est chaotique.
- Le labyrinthe de la bibliothèque est également une métaphore du parcours d'apprentissage, parfois complexe, d'Arso de Melk : durant les évènements qui se déroulent à l'abbaye, celui-ci est en effet initié aux passions humaines,

au monde et à la place qu'il souhaite prendre dans ce monde (après avoir rencontré l'amour, il choisit par exemple consciemment d'y renoncer). Ainsi, le labyrinthe peut représenter l'accès, relativement difficile, à des choses lointaines ou sacralisées (et parfois, dangereuses) : la mort, l'amour, Dieu. Traverser le labyrinthe en compagnie de Guillaume représente symboliquement pour Adso son arrivée dans l'âge adulte et sa meilleure compréhension du monde.

La bibliothèque dans laquelle cheminent Guillaume et Adso représente donc, symboliquement, l'épais mystère qui les entoure, l'accès difficile et parfois dangereux au savoir, ainsi que le parcours d'apprentissage d'Adso. L'incendie de ce lieu à la fin de l'histoire signifie la fin de leur quête, l'impossibilité d'une connaissance totale sur le monde et la transition dans l'âge adulte d'Adso.

Depuis sa parution, *Le Nom de la rose* est considéré comme un chef-d'œuvre, sans doute grâce aux nombreux niveaux de lecture qu'il propose. À la fois roman historique, roman policier et roman d'apprentissage, son intrigue est complexe et bien menée. Avec cette œuvre, Umberto Eco mène aussi bien le lecteur cultivé dans le labyrinthe de ses doubles-sens et de ses intertextualités que le lecteur amateur qui recherche un moment de détente et de distraction. Si ce texte demeure encore célèbre aujourd'hui, c'est parce qu'Umberto Eco a su accorder culture savante et sens de l'intrigue populaire.

PISTES DE RÉFLEXION

QUELQUES QUESTIONS POUR APPROFONDIR SA RÉFLEXION...

- *Le Nom de la rose* est un roman qui appartient à plusieurs genres. Lesquels ? Expliquez.
- Dans le roman, une querelle nait autour de la question de la pauvreté du Christ. Pourquoi cette controverse a-t-elle lieu ? Quels partis oppose-t-elle ? Quels sont les arguments avancés par les différents protagonistes de la controverse ?
- À plusieurs reprises, des moines s'opposent sur la question du rire et de son origine. Quelles thèses et quels arguments sont avancés par chaque camp ? Quel est le rôle de ces querelles au sein du récit ?
- Tout au long de son récit, Umberto Eco fait de nombreuses énumérations. Relevez-en quelques-unes. À quoi servent-elles ? Quel effet recherche l'auteur ?
- Quel est l'effet de la division du roman en journées et en heures de prières ?

- « Toutes les vérités ne sont pas bonnes pour toutes les oreilles. » (p. 54) À quoi cette citation fait-elle allusion ? D'après les différents personnages, faut-il ou non censurer le savoir ? Et vous, qu'en pensez-vous ?

- Dans le récit, Guillaume déclare : « Il n'est pas rare que les livres parlent des livres, autrement dit, qu'ils parlent entre eux. » (p. 360) Commentez cette phrase au regard du roman.

- « Bacon avait raison de dire que la conquête des savoirs passe par la connaissance des langages. » (p. 50) Expliquez en quoi le langage joue un rôle primordial tout au long de l'affaire.

- Quels sont les points de vue des différents personnages sur l'hérésie ? Umberto Eco cherche-t-il à rester neutre ou influence-t-il au contraire son lecteur ?

- Après une conversation avec Ubertin, Guillaume déclare : « L'enfer, c'est le paradis regardé de l'autre côté. » (p. 89) Que signifie cette phrase dans le contexte du roman ?

Votre avis nous intéresse !
Laissez un commentaire sur le site de votre librairie en ligne
et partagez vos coups de cœur sur les réseaux sociaux !

POUR ALLER PLUS LOIN

ÉDITION DE RÉFÉRENCE

- ECO U., *Le Nom de la rose*, traduit de l'italien par Jean-Noël Schifano, Paris, Grasset, coll. « Le Livre de Poche », 1982.

ÉTUDES DE RÉFÉRENCE

- LITS M., *Le roman policier : introduction à la théorie et à l'histoire d'un genre littéraire*, Liège, Éditions du CEFAL, 1999.

- MOISSET J.-P., *Histoire du catholicisme*, Paris, Flammarion, 2010.

- PAUL J., *Le christianisme occidental au Moyen Âge. IVe-XVe siècles*, Paris, Armand Colin, 2008.

- SANTARCANGELI P., *Le livre des labyrinthes. Histoire d'un mythe et d'un symbole*, Paris, Gallimard, 1974.

- VERHULST G., *Étude sur Umberto Eco. Le Nom de la rose*, Paris, Ellipses, coll. « Résonances », 2000.

ADAPTATION

- *Le Nom de la rose* (*The Name of the Rose*), film

de Jean-Jacques Annaud, avec Sean Connery et
Murray Abraham, Italie-France-Allemagne, 1986.

- 64 -

Retrouvez notre offre complète sur lePetitLittéraire.fr

- des fiches de lectures
- des commentaires littéraires
- des questionnaires de lecture
- des résumés

ANOUILH
- Antigone

AUSTEN
- Orgueil et Préjugés

BALZAC
- Eugénie Grandet
- Le Père Goriot
- Illusions perdues

BARJAVEL
- La Nuit des temps

BEAUMARCHAIS
- Le Mariage de Figaro

BECKETT
- En attendant Godot

BRETON
- Nadja

CAMUS
- La Peste
- Les Justes
- L'Étranger

CARRÈRE
- Limonov

CÉLINE
- Voyage au bout de la nuit

CERVANTÈS
- Don Quichotte de la Manche

CHATEAUBRIAND
- Mémoires d'outre-tombe

CHODERLOS DE LACLOS
- Les Liaisons dangereuses

CHRÉTIEN DE TROYES
- Yvain ou le Chevalier au lion

CHRISTIE
- Dix Petits Nègres

CLAUDEL
- La Petite Fille de Monsieur Linh
- Le Rapport de Brodeck

COELHO
- L'Alchimiste

CONAN DOYLE
- Le Chien des Baskerville

DAI SIJIE
- Balzac et la Petite Tailleuse chinoise

DE GAULLE
- Mémoires de guerre III. Le Salut. 1944-1946

DE VIGAN
- No et moi

DICKER
- La Vérité sur l'affaire Harry Quebert

DIDEROT
- Supplément au Voyage de Bougainville

DUMAS
- Les Trois Mousquetaires

ÉNARD
- Parlez-leur de batailles, de rois et d'éléphants

FERRARI
- Le Sermon sur la chute de Rome

FLAUBERT
- Madame Bovary

FRANK
- Journal d'Anne Frank

FRED VARGAS
- Pars vite et reviens tard

GARY
- La Vie devant soi

GAUDÉ
- La Mort du roi Tsongor
- Le Soleil des Scorta

GAUTIER
- La Morte amoureuse
- Le Capitaine Fracasse

GAVALDA
- 35 kilos d'espoir

GIDE
- Les Faux-Monnayeurs

GIONO
- Le Grand Troupeau
- Le Hussard sur le toit

GIRAUDOUX
- La guerre de Troie n'aura pas lieu

GOLDING
- Sa Majesté des Mouches

GRIMBERT
- Un secret

HEMINGWAY
- Le Vieil Homme et la Mer

HESSEL
- Indignez-vous !

HOMÈRE
- L'Odyssée

HUGO
- Le Dernier Jour d'un condamné
- Les Misérables
- Notre-Dame de Paris

HUXLEY
- Le Meilleur des mondes

IONESCO
- Rhinocéros
- La Cantatrice chauve

JARY
- Ubu roi

JENNI
- L'Art français de la guerre

JOFFO
- Un sac de billes

KAFKA
- La Métamorphose

KEROUAC
- Sur la route

KESSEL
- Le Lion

LARSSON
- Millenium I. Les hommes qui n'aimaient pas les femmes

LE CLÉZIO
- Mondo

LEVI
- Si c'est un homme

LEVY
- Et si c'était vrai...

MAALOUF
- Léon l'Africain

MALRAUX
- La Condition humaine

MARIVAUX
- La Double Inconstance
- Le Jeu de l'amour et du hasard

MARTINEZ
- Du domaine des murmures

MAUPASSANT
- Boule de suif
- Le Horla
- Une vie

MAURIAC
- Le Nœud de vipères

MAURIAC
- Le Sagouin

MÉRIMÉE
- Tamango
- Colomba

MERLE
- La mort est mon métier

MOLIÈRE
- Le Misanthrope
- L'Avare
- Le Bourgeois gentilhomme

MONTAIGNE
- Essais

MORPURGO
- Le Roi Arthur

MUSSET
- Lorenzaccio

MUSSO
- Que serais-je sans toi ?

NOTHOMB
- Stupeur et Tremblements

ORWELL
- La Ferme des animaux
- 1984

PAGNOL
- La Gloire de mon père

PANCOL
- Les Yeux jaunes des crocodiles

PASCAL
- Pensées

PENNAC
- Au bonheur des ogres

POE
- La Chute de la maison Usher

PROUST
- Du côté de chez Swann

QUENEAU
- Zazie dans le métro

QUIGNARD
- Tous les matins du monde

RABELAIS
- Gargantua

RACINE
- Andromaque
- Britannicus
- Phèdre

ROUSSEAU
- Confessions

ROSTAND
- Cyrano de Bergerac

ROWLING
- Harry Potter à l'école des sorciers

SAINT-EXUPÉRY
- Le Petit Prince
- Vol de nuit

SARTRE
- Huis clos
- La Nausée
- Les Mouches

SCHLINK
- Le Liseur

SCHMITT
- La Part de l'autre
- Oscar et la
  Dame rose

SEPULVEDA
- Le Vieux qui
  lisait des romans
  d'amour

SHAKESPEARE
- Roméo et Juliette

SIMENON
- Le Chien jaune

STEEMAN
- L'Assassin
  habite au 21

STEINBECK
- Des souris et
  des hommes

STENDHAL
- Le Rouge et
  le Noir

STEVENSON
- L'Île au trésor

SÜSKIND
- Le Parfum

TOLSTOÏ
- Anna Karénine

TOURNIER
- Vendredi ou
  la Vie sauvage

TOUSSAINT
- Fuir

UHLMAN
- L'Ami retrouvé

VERNE
- Le Tour
  du monde
  en 80 jours
- Vingt mille
  lieues sous
  les mers
- Voyage au
  centre de
  la terre

VIAN
- L'Écume des jours

VOLTAIRE
- Candide

WELLS
- La Guerre des
  mondes

YOURCENAR
- Mémoires
  d'Hadrien

ZOLA
- Au bonheur
  des dames
- L'Assommoir
- Germinal

ZWEIG
- Le Joueur
  d'échecs

www.lepetitlitteraire.fr

ISBN version numérique : 978-2-8080-0775-7
ISBN version papier : 978-2-8080-0776-4
Dépôt légal : D/2017/12603/978

Avec la collaboration de Claire Mathot pour l'étude des personnages d'Adso de Melk, Guillaume de Baskerville, Jorge de Burgos, ainsi que pour les chapitres « À la croisée de plusieurs genres », « La question religieuse », « Une intertextualité » et « La symbolique du labyrinthe ».

Conception numérique : Primento, le partenaire numérique des éditeurs.

Ce titre a été réalisé avec le soutien de la Fédération Wallonie-Bruxelles, Service général des Lettres et du Livre.